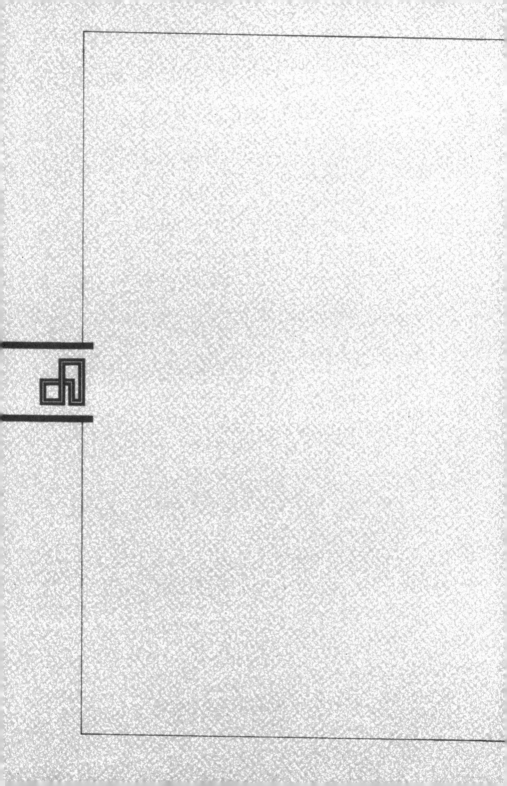

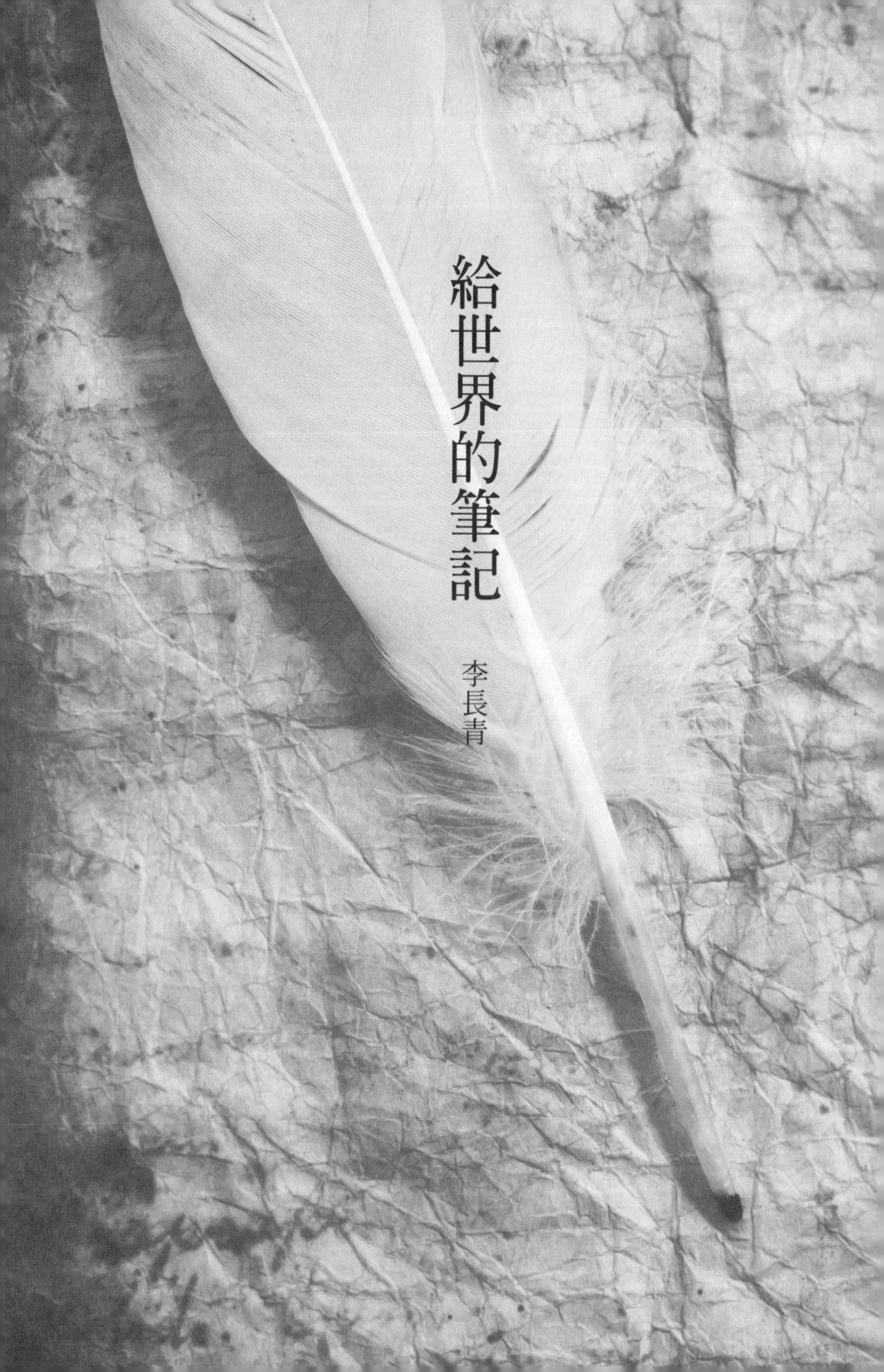

給世界的筆記

李長青

目錄

給世界的筆記

詩人年輕，世界靜好

陳巍仁

替詩集開卷，對我來說是個全新的體驗。長青讓我來為這本《給世界的筆記》寫序，應是知道我曾與散文詩這個文類纏鬥良久，故希望我能以這個經驗為基礎，繼續談論一些微知管見。眾所皆知長青在詩創作上一向勇於窮究表現方法，並以此逼淬出懾人的詩質，這幾乎是種嚴苛的自我鍛鍊，如先前《落葉集》的主題規範、《江湖》的語言規範，以及不時跌宕而出的精采圖像詩皆然，這本散文詩集，也是另一段漫長實驗成果。從一九九七年起，長青便持續有散文詩發表，如今積累成卷，已可窺探詩人這十餘年來對此文類的思維。台灣的散文詩發展向有明確脈絡，長青以年齡上相對的「新生代」（雖然作品中曾自諷已成中生代）賡續其後，這本來就有番避不開的定位議論，我這篇小文若對此閃爍其詞，便不能算是盡責。從散文詩史沿革的角度來看，這篇文章理應作得嚴肅典重，以彰顯新生代詩人延續文脈、開拓新局的意義，然而細觀長青的散文詩，卻別有一番舉重若輕，迴旋自在的氣息，若用體系、風格等大帽子硬扣，不唯遮損其情性，更會錯失文類發展的一個重要突破口。因此，我想要用比較簡明輕鬆的方式，來回應長青的作品，同時帶入我的一些思考供讀者參酌。

相對於其他地區的華文散文詩，台灣散文詩可說極具辨識度。當大多數散文詩還受困於文類辨識的灰色區域時，台灣散文詩卻迅速在「詩」的隊伍站穩了地位，這當然得歸功於商禽的先導，蘇紹連、渡也以及杜十三等詩人繼之而起的優秀表現。散文詩的「詩」，絕非「詩意」或「詩化」等可模稜含混的印象式概括語，在下筆之前，詩人便對詩美學有清楚的認知及自我要求，在其認知中，散文詩就是詩，殆無疑義，只是採取了散文的形貌。歸納這群主流詩人的作品，散文詩的詩質主要表現在兩方面，一是現代主義脈絡下的「超現實技巧」，這在商禽作品中已發展得十分成熟；其次則是有極短篇小說精神的「驚心結構」，以蘇紹連為大手筆。台灣散文詩常以營造一奇特荒謬的情境為起頭，並在情節的推移中，在最後突然給予讀者電光火石的一擊，這不但可帶來獨特的閱讀體驗，更能凸顯作品欲討論的主題，並使讀者再三回味咀嚼。這套操作方法十分明確，效果亦佳，幾位質精量足的詩人儼然構築出一套文學史的譜系，並獲得了該文類的詮釋權，是故接下來有很長一段時間，凡言散文詩必稱商、蘇，許多詩人雖也寫，但多是嘗試或調劑性質，足以彙集成冊的能量已不復見，指點文類前景的氣勢更難以相提並論。

簡而言之，台灣散文詩在短期內完成了「典律化」過程，卻一併呈現了高峰期過後的停滯狀態，若持續再無變化，便很可能成為專屬上個世紀詩壇的獨有現象。不過令人欣喜的是，近年來竟出現不少新生代詩人專力於此，稍早於長青之前，已有王宗仁、然靈等相繼推出散文詩集，長青這本集子一到位，一個完整而具有代表性的陣容便就此形成。以長青在詩壇耕耘的功夫之深，以《給世界的筆記》為例來看新生代詩人對典律的回應與突破當很具代表性。

一開始我最好奇的是「影響焦慮」的問題。既然是讀著前輩詩人的詩作成長，驚心散文詩的效應又是如此強大，我預期長青的詩作還是會受到感染，但展卷之後，卻發現別是一番天地。當然，非要尋找脈絡的連結也是有的，且並不困難，比如在〈不誠實的詩人〉中，浴室中的香皂、蓮蓬頭、燈泡諸物紛紛對詩人傳達不信任的質疑訊息之後，詩人終於忍不住發飆痛吼，但換來的卻是「身體洗乾淨有用嗎？你的心，已經是不誠實的詩……」這樣冷峻嚴厲的回應，與前輩相較，其內涵技巧都毫不遜色。另外一首我極喜歡的超現實風格作品〈象國〉，收束尤其警醒精緻，「『那些徬徨與不安，也可以擦掉嗎？』我在心裡問自己。／『沒用的。身軀有多大，罪孽就有多重。』旁邊的一頭象說。／『我們都一樣。』另一頭象，悲傷的補充。」其鋪陳與引發的技藝純熟若此，長青如想在這條路上踵繼前賢，基本功底是絕對「過硬」，然而類似以上例子的作品，在集中並不算太多。一剛開始，我將其解釋為長青的自我節制，是刻意不讓自己那麼容易便寫出「像樣」的散文詩，這也有與前輩的路數畫清界線，擺脫影響，自覺負起突圍重任的意味。蘇紹連在二〇〇七年的《散文詩自白書》

自序裡，便曾提到李長青等一批年輕詩人，確實「創作出迥異於商禽、渡也及我不同調性的作品來」，顯然長青的「去影響」是備受肯定的。不過，我隨即想到這樣的評判不但太過簡單，也小看了詩人與散文詩這個文類的主體性，難道我們就非要急著將其塞入文學史的某一位置？況且，文學史很可能存在各式各樣的誤區。

其實關於台灣散文詩的典律問題早有異議，約與商禽同時開始散文詩創作的資深詩人秀陶，便曾戲謔地說：「散文詩有七百三十一種效果，何必獨沾『驚心』一味？」為了扭轉這種偏見，秀陶亦在二〇〇六年出版《一杯熱茶的工夫》，以示散文詩「淡」、「冷」、「禪趣」的一面，這即是對典律的質疑。我曾撰文考察過「驚心」特色在當時詩壇時空發展下的必然性，但去除了這個背景，散文詩本身一直就該是「無形」的文類，因此長青的散文詩，更重大的意義是重新強化了該文類活潑的本質，跟前輩筆下對生存世界充滿質疑、對自我靈魂深刻鞭打的「劇場性」相對照，散文詩又重新展現了一種紓緩而更具個人化的氣質。我更願相信長青這輩詩人寫的正是自己的初衷，而未必得「逃離」什麼典範。況且，我們實不應小覷散文詩中「散文」二字所蘊含的能耐。

我特別鍾意於詩集名裡的「筆記」兩字，這便是文類得以越界的重要出口。散文詩一詞的最初使用者波特萊爾，常把已撰就的分行詩改寫為同題散文詩，其目的是消去詩語言的高蹈性，而以自然語的面貌邀請讀者親近。有趣的是，長青本集中如〈江湖〉、〈給世界的筆記〉等也都有同題分行詩收錄於之前的詩集，但兩相對照，散文詩卻絕非分行詩的改寫，而是完全獨立的作品，也就是說，長青的散文詩在創作伊始就是完整的意念。「筆記」的散文形式，可能更宜於記錄日常的生活，因為「世界很容易，就被忘記」（〈車庫〉），在捕捉詩思的關鍵時刻，也許詩人更應把修辭韻律分行等雕工拋開，直接形諸熟悉的表現語言。

長青的「筆記」出自一種「靜觀」的態度，對世界「遂如此坐視：如此之坐視」（〈坐視〉），因此筆下往往有道深刻的目光，甚至不妨說其作品原本應屬微微偏冷的色調，但因為散文的特性，使作者必須親自站在第一線誠懇地娓娓道來，這便讓作品呈現了更多的寬和感。長青的散文詩中，少見懷疑與控訴，多的是對人間變幻、世道紛紜的諒解。也正因為如此，長青所記錄的世界中並無所謂的醜惡，遂顯得有種安靜通透的氛圍，這不但植根於作者自身的氣性，也反應了文類本具的特質。或許我們可以這麼看，波特萊爾所凸顯的資本都市之醜惡，或驚心系列呈現的時代、心理困境，乃是屬於「詩」的表現性及衝突性；而長青《給世界的筆記》之優遊從容，乃是又回歸了「散文」（尤其是華文散文傳統）的價值。如長青與蘇紹連皆任教於小學，描述教育與課堂的題材自然少不了，但相對於「『這就是獸！這就是獸！』小學生們都嚇哭了」的震撼，長青的「有一個學生來問我其中一個填充題的祕密。我沒有告訴他。／我讓他走回自己的座位，走回自己的課本，自己的人生。」（〈填充題〉）展現的「靜和」，顯然可作為另一種散文詩思的對比。

當然，有不少人仍擔心文類界線的定義，憂慮散文詩是否又將放鬆為散文的直白敘述，但在長青等受過嚴格語言淘洗訓練的詩人身上，這個問題其實不足憂慮，詩人反而可以在兩種文類的頡頏中，創造出更無限制且出人意表的句構，如「說好朝夕都要潮汐以沫的詩題，也逐漸失蹄，在地平線沉沒以後沉默了；海笑著海嘯……，彷彿，我再也無法以在野的姿態寫詩了」（〈變題〉），其語句語意迴環變化之多姿可喜，不正是散文詩獨具的魅力？況且文類的邊界是否真的重要，這點亦是個迷思，在持續關注文類論題之後，我甚至期待當前文類解構或許能逐步被瓦解，屆時創作者就會擁有更大的自由。散文詩本來就頗富「元文類」（genus universum）的意味，是種無類的表現方式，準此，當我看到長青集子中如〈塞車〉、〈意義〉等向散文跨界較多，甚至不那麼「詩意」的作品時，同樣能感覺作者在文類拿捏上的慎重，並肯定其價值。

走筆至此，我其實很清楚長青並不需要別人來界定其詩作在詩壇或文學史中的位置，這些與他無關，因為長青最嚴重的焦慮不是源自於前輩、同輩，而是來自於自己。從〈盜墓者〉、〈忘卻〉、〈中生代詩人〉、〈不誠實的詩人〉諸作中，長青並未（或根本無法？）掩飾對純真遠離、靈感枯竭的恐懼，即使在現況中，長青已是六年級世代中聲譽及產量皆名列最前茅的詩人，但這惘惘的陰影仍如影隨形。我當然沒有能力或立場勸其寬心，因為我深知一刀兩刃，壓力即是動力。然而我更確定，優秀的散文詩靠的不是炫眼的技巧，而是與世界作最真誠的互動並如實展現，在屠格涅夫、王爾德、泰戈爾的不朽傑作中，都可找到鐵證。長青創作散文詩的資歷足十餘年，顯然不是為了「蒐集」各種詩型而趨走短線，既然如此，只要長青能繼續在散文詩裡獲得樂趣，他的擔心就不致於成真，因為我堅信，散文詩比一般分行詩更騙不了人。

散文詩是一面澄澈的鏡子，我看到鏡中的詩人仍年輕，世界猶靜好。願長青時時拂拭，為讀者、為自己、為這個他所珍愛的世界裡的一切。

推薦序二

化身或轉世

——讀李長青的散文詩集《給世界的筆記》

莫渝

沒問過，也不知道長青為何挑選散文詩作為文學書寫的出發。假設，長青已經認識「散文詩」，且讀過不少散文詩作品，商禽的？紹連的？沈臨彬的《泰瑪手記》？波特萊爾的《巴黎的憂鬱》？抑其他書市詩人的作品？

長青的散文詩集《給世界的筆記》是新著，卻非新產品，寫作時間長達十三、十四年。從〈開罐器〉到〈給世界的筆記〉，想傳遞什麼訊息？是警誡的告言？先知的預防？還是，彷彿摸索的少年，找到／發現了新事物，欲向世界揭橥某種宣示。

宣示：我是多麼不快樂，多麼茫然，多麼憤懣，多麼憂鬱？

一九九八年〈少年〉一作：「我發現我被窗戶栓留起來，走不出去，跳不出去，透明的窗外是羅列的風景，它們毫不遲疑加入囚禁我的行列。」在封閉的透明玻璃窗，看得見窗外的任何動靜，卻「走不出去，跳不出去」。自我囚禁，抑被豢養軟禁？

憂鬱少年的長青，躲入「散文詩」的「透明清晰的窗戶」般的蛹，從十三、十四年前的一九九七。在蛹內，自我營養，自我修行，自我凌虐，自我啃噬，意欲蛻變？成蛾？成蝶？成詩？

一九九七年的〈憂鬱之傷〉一作，三段，未及一五〇字，竟用了十三處「憂鬱」，結尾「憂鬱著你憂鬱鏡前的憂鬱」，這樣的措詞，我在美國鬼才文人愛倫坡詩〈The Ravan〉：「夢著凡人不敢夢的夢」（dreaming dreams no mortal ever dared to dream before）見過一次。夢，也是長青散文詩喜用的字詞。他說：「夢境撫養我長大，夢境督促我度過難關」、「夢境訓練我，夢境栽培我」、「我對夢境祈禱，衷心祈禱。」較之憂鬱，夢對長青友善多了。因而，他喜歡在夢境扮演盜墓者、走索者，以便與詩貼暱。

長青的憂鬱，是哪一種？mélancolique？triste？spleen？第三字，波特萊爾《巴黎的憂鬱》使用的英文字；第二字，「憂傷」、「哀傷」、「哀愁」；第一字，較常譯「憂鬱」。不論何種，它們都是憂鬱，長青的憂鬱？

是否文學少年都多愁善感，把憂鬱掛在臉上，說在嘴邊，寫在筆下？

憂鬱之蟲啃噬的散文詩，一直是法國文學家的少年之愛。法國文學十九、二十世紀的兩位情篤摯友：紀德和魯易，年輕時均有散文詩集的出版，二十四歲的魯易出版《比利提斯之歌》（一八九四年），二十六歲的紀德出版《地糧》（一八九七年）。以小說《日安‧憂鬱》（一九五四年）走入文學寫作的女作家莎岡，回憶她年少的閱讀，十三歲讀《地糧》，十六歲讀韓波的《彩繪集》；二書均屬散文詩集。她更直言：《地糧》是「第一本為我而寫的《聖經》，或由我自己所寫的《聖經》」，極盡推崇之譽。《地糧》是紀德年輕時，遊歷北非和義大利之後，以抒情方式，揉合傳統的短詩、頌歌、旋曲等形式，組成歌吟「解放」（自由）尋求感官逸樂的記錄。文類的劃分，歸屬散文詩集。內容上，強調愛、熱誠，排斥固定的事物。

散文詩的書寫，形式上，可以工整的，如魯易《比利提斯之歌》，每首均四段；可以散漫的，如紀德《地糧》。

散文詩的內容，可以是浪漫唯美的詩情畫意，如沈臨彬的《方壺漁夫》，可以是難以捉摸的玄奧奇思，如紹連的《隱形或者變形》。

長青的散文詩，嚴格講，有點像fragments，片簡，片段、斷片、精緻的掌中小語。集合八十九篇加上標題的斷想與片段式的書寫，形成《給世界的筆記》的告白。紀德的《地糧》，看似一小段一小段鬆散的片簡，這些飄忽隨想的意象，有效地滋潤乾渴的心靈。紀德在《地糧》說：「這裡是愛與思想的微妙交流」。長青則要揮別「所有的愛與絕望」（〈給世界的筆記〉）。從這角度看，我有點釋然。原來，《給世界的筆記》是求入定的詩書？

法國文論家羅蘭．巴特說，「文學作品一經發表與出版，即宣告死亡」此意：作品是脫離母體（創作者）的木乃伊。藉由當世或後代讀者評論家的閱讀，它復活了，它重新展現活力。換句話說：作者亡身，作者的靈魂轉化為「文學作品」，仍在人間奔走流通傳閱。那麼，詩（包括藝術品），算是作者的化身、轉世，另一尊作者現身。

散文詩高手蘇紹連自解其寫作的策略是：置身情境的投射、隱形或變形於物象事件裡。對景仰蘇紹連的長青言，散文詩是華麗的陷阱（〈選擇題〉），同時，「這個世界的風沙，仍繼續推擠，馳行，轉身，變形……」（〈風沙〉），以及「只是因為我／不斷變化著我的形貌」（〈遺失〉），「用變形的夢當餚」（〈游泳池〉）。

長青的化身或轉世，似有所呼應巴特與紹連之說。

序，原本該為解題、贊曰而寫。讀長青的散文詩，湧現太多的問號。這些Q，仍留給長青A吧！

二〇一一・六・二十

推薦序三

令人嚮往的散文詩版圖

——《給世界的筆記》的作品風貌

蘇紹連

一

在所有六年級以降（一九七一年之後出生）的詩人群中，李長青的創作版圖是最為寬廣、質地是最為深厚的一位。他不是僅以一種詩風在創作，也不是和詩壇上那些分不出你我的詩風模糊在一起。李長青的詩風，大氣大度，已有本世紀大詩人之象。

二

有一個銷售電器的廣告詞：「要買就買最好的。」什麼是最好的？是指品質和效能；詩不也該如此嗎？「要讀詩就讀最好的」，購買詩刊或詩集，我一貫都是如此，絕不受外表的包裝迷惑，更不受宣傳的花樣欺矇，而忘了翻開內頁讀一讀詩作寫得好不好。李長青的創作心態是「要寫就寫最好的。」他發表的詩作沒有一首爛詩，永遠每一首都是最好的狀態。

三

世界這麼大，台灣出版過散文詩集的詩人，怎麼好像都住在台中。寫《面具》散文詩集的渡也，寫《象與像的臨界》散文詩集的王宗仁，寫《解散練習》散文詩集的然靈，寫《驚心》、《隱形或者變形》散文詩集的我，以及寫《給世界的筆記》散文詩集的李長青，儼然已成台灣創作散文詩的一支先鋒隊伍，不知在天上的散文詩教主商禽是否看到這支隊伍已為台灣的散文詩帶來願景？

四

李長青用「散文詩」來寫筆記，哇，不得了，不僅開創了筆記文學的新形式，也發揮了散文詩前所未有的效能。文學作品其實是不必講效能的，但若是在表現上能符合了某一種形式，在傳達上能承載了某一種意義，而有所影響時，此即為作品的效能。李長青的散文詩筆記作品，給了世界一種新的書寫典範。

五

「世界」是一個巨大的命題，像能擁有一切的王，而個人是渺小的子民。子民寫給世界的筆記，是以恭謁的態度還是以挑戰的氣勢？當世界是美好時，詩人要給世界什麼樣的筆記？當世界是醜陋時，又要給世界什麼樣的筆記？世界與個人息息相關，詩人對著世界的喟歎與呢喃該如何拿捏？李長青在這本散文詩集裡將一一的告訴我們。

六

世界在李長青的眼中是什麼形貌？是扭曲變形的異端嗎？或者「世界仍是一面生

瘡的屁股」、「罪惡來來去去，這世界擅長失去」，很令人痛惜和難受。詩人告訴我們「這個不完整的世界如何行走我們滄涼的心田」，我們該惦記著這個不完整的世界，還是把它忘掉？然而人類可以把世界遺失以後還活著嗎？詩人自問：「世界的形貌不斷變化，這就是我，終究遺失它的原因嗎？」我們從詩人的迷惑以及反思中，找到答案：世界，是詩人自身的投影。詩人自己說，是因為詩人不斷變化著自己的形貌，世界才會變化。

七

《給世界的筆記》整本詩集裡的「世界」如何變化，都可看做是李長青自身的投影。然而他又不時與世界對立，抗訴這些投影與映照。李長青的風采，便成了世界的風采，世界的風采卻成了他體悟與反思的對象。「世界就在層層疊疊不停堆累不停迴旋的山水中，照見自己。」這樣的世界是詩人自身的投影與映照，「我終於知道：世界不適用於，我的夢境。」則是詩人對世界的體悟與反思。

八

我們從詩人的體悟與反思的話語裡，讀到一些現象的反差，反差形成詩的張力，把詩意撐開至兩端，愈開則張力愈大。「陌生的自己似乎已經閱歷了許多熟識的自己」，陌生的閱歷熟識的，是一種自我辨識的反差；「眼淚在水槽跳舞」詩句的意象，不禁想起許達然的散文集《含淚的微笑》，「眼淚在水槽」不就像含著淚，「跳舞」不就像在微笑，流眼淚算是哭泣吧，跳舞算是歡樂吧，把哭泣和歡樂的現象結合在一起，就是一種不同情緒的反差。「午后的車潮，以一種獨特的節奏，兀自孤單著」，車潮不是車子很多嗎，怎會是「兀自孤單著」？這也是一種反差的現象描述。

九

我們從詩人體悟與反思的話語裡，也讀到距離感，在距離裡有著很濃烈的變化和隔閡的感覺，斷斷續續邈邈茫茫，或許世界之大，終究成了渺小人類可以拉扯和開展的對象。「他選擇來到自己三十年後的墓地，盜取自己，成名的詩句。」「後來才發現，同一天的早與晚，就是一生。」這是時間的距離；「天涯鑲嵌金黃圓融的暮靄，暮靄飄飄，盈盈裊裊，繚繞老人的房間，讀著或短或長，天涯的信箋。」這是空間的距離；「那些徬徨與不安，也可以擦掉嗎？」、「身體洗乾淨有用嗎？你的心，已經是不誠實的詩……」這是心境上的距離。距離愈大，人的無力感也愈大。

十

除了距離感，在李長青面對世界的詩裡，最常看到的是一種宿命式的無力和無法的感覺，如此更證明了人類的渺小及懦弱或是有限。「儘管手持方向盤，也猶然無法帶領陽光，或者風雨。」、「原來春天，是無法預料的。」、「部首規定了我的屬性，是水是火，是土是木，卻無法確立我的脾性。」、「海笑著海嘯……，彷彿，我再也無法以在野的姿態寫詩了；」、「我已經無法分辨，世界的高矮胖瘦。」、「我漸漸發現：我，無法溶解。」、「詩人的瞳孔，越來越無法眨動了。」這些詩句真是寫盡了人類的無力感，就算手持方向盤，也無法轉動去帶領陽光和風雨，無法預料春天怎麼，無法確立脾性、無法溶解，甚至瞳孔無法眨動。李長青把人類寫得這麼悲苦傷痛。

十一

因為人生的無力感，詩人唯一的力量形式就是寫抗議的詩句了。但李長青是百分之百溫和的，他的詩句絕對是琢磨得圓潤光滑，不會有尖銳的刺。我們卻在他的詩作裡找到激動的詩句，而這些詩句正是他散文詩的語言特色之一；激動的詩句會令呼吸急促，喘不過氣來，尤其是不斷的疊類重複而不標點的長句，要有足夠的氣力才能一口氣唸完。「憂鬱的方桌憂鬱的搖椅憂鬱的地磚憂鬱的壁櫥憂鬱的一〇〇燭燈泡憂鬱的沙發抱枕憂鬱的水族箱憂鬱的電視機……」、「我在這裡惶惶然我也在這裡特別堅強，褪色的牆垣傾斜的岩層枯竭的浪不固定經緯的落石」、「我們的車庫快樂的車庫永不拉下鐵門永不熄燈；星星就在上面跳舞月光就在地板磨蹭，是車庫讓你表演是車庫讓我偽裝是車庫讓我們彼此摯愛不渝」、「傷口失去了心證失去口供失去情節失去段落失去被害與加害者也失去了目擊證人。」、「在我逃脫了所有的愛與絕望之後請你千萬保重，你的愛與絕望並非全是我逃脫了的愛與絕望啊」，這些長句可以推想詩人是在很悲愴之下用力寫出的，字字句句都力道十足。現實人生已無力，詩人的字句豈能也無力？

十二

李長青不斷的在詩集裡書寫詩人，或許詩人是他最能投射情感及思維的角色，也或許他藉此惕勵自己如何當一位詩人，如何以詩人的身分去對世界說話。李長青一首寫詩人節的詩：「傳說詩人的節，都是中空的……」看來對詩人不是怎麼好的形容；對於年輕詩人，嚴厲的說出「年輕詩人擄掠了許多浮濫的獎牌，荒謬的頭銜，怪誕的讀者，不安的聲名。」對於中生代詩人呢？李長青是這樣看待：「中生代詩人對台下的耳朵傳道。信詩者，得永生。掌聲淹沒了他成名的詩句。」似乎說詩人那麼愛名器。他義憤填膺的指責不誠實的詩人「身體洗乾淨有用嗎？你的心，已經是不誠實的詩……」看來詩人是如此的骯髒齷齪。他認為詩人應該是這樣：「詩人以筆為刃，抽刀斷念，也希望斷去多餘的天色。」、「詩人寫出來的江湖，擁有廣漠的邊幅。」這是〈江湖〉一詩裡對詩人的期許。李長青本身就是詩人，故而有如此深刻的體會。

十三

由於李長青本身就是詩人，除了詩的創作外也浸淫於理論的研讀，或許在不意間，詩人的思維總在專業的文學用詞裡打轉，自然而然的就把它帶入詩句裡，成為一種充滿文學意味的詩作。「雲氣類疊我們，鋪排我們共存的城市」詩句裡的「類疊」和「鋪排」都是修辭學的用語，現在用來當動詞構成意象；「愛是一種寫作而思念是典故；我們是不斷再版的文本」詩句裡的「寫作」、「典故」、「再版」、「文本」四個文學上的用詞，竟然當作愛的隱喻；「這裡曾經躺滿各式各樣的，詩體：標點，斷句，典故，天氣，以及刪刪改改的暴風雨。」這段詩裡，把「詩體、標點、斷句、典故、刪改」等寫作上的用語和氣候現象並置；還有「重新分行之後，字句仍繼續流血」、「我記得，它們明明套上了文法的大衣，內裡鋪了棉質的修辭」、「那一個安靜的房間，沒有主詞，只有受詞」這些詩句裡，充斥著「分行、字句、文法、修辭、主詞、受詞」等文學用語，頗易令有文學寫作經驗的讀者產生共鳴。

十四

李長青的散文詩常將類似的現象並置比對，替代了事件起承轉合的設局陳述；他不像前一代的散文詩人愛用戲劇性敘事，或在結尾營造驚心效果。像〈字典〉這首詩，用並置的兩段話分別說出「字典」與「我」的心聲，話中的語言採相同的句法，結構相似，結尾兩行亦同。我想起我曾寫過的一首散文詩〈在字典裡飛行〉，是「我」融入「字典」裡，敘述一個奇異的字典探險記，起承轉合的設局。李長青的〈字典〉則字典是字典，我是我，以分開而並置的方式直接相互隱喻，意義性的表達強烈。李長青的另一首詩〈日曆〉亦作同樣的方式書寫。而在〈忘卻〉和〈咳嗽〉這兩首詩裡，第一段和第二段的語法也是相同，並置比對。從這些例子，顯示出李長青創作散文詩的一種律則，是第一段和第二段的語言都為類比並置，第三段則是另一種稍作改變，這樣的律則形成了一種歌曲的意味，第一、二段為相同的主旋律，第三段則像副歌，旋律延展，整首詩的音樂感便豐富起來。

十五

當然，詩人的語言重複習慣便形成他作品的調性，每到各段落的同一個位置就會出現相同的詞語，像樂曲一樣，是調子的主音，由主音帶頭出現，接下來再加上屬音的陪襯，一路演奏旋律迴盪的曲子。這樣子的好處是調性明確，使音樂進行具有強烈的方向感，很容易從主音掌握詩意的線頭，詩意才不會分崩離析。李長青的語詞主音習慣放在段落的第一句，例如：〈尺〉，有三段的開頭都是「它繼續為我量出」，另一首〈搖椅〉有四段，開頭都是「繼續靜靜注視著」，主音是較為完整的語句；但有不少首僅用語句中的部分幾個字為主音的，例如〈忽略〉一詩，就以「忽略」兩字為主音，散布在每一段的第一句裡；另外較為特殊的，是在詩中安排雙重的主音，形成雙重奏，例如：〈隧道〉一詩本以「我想穿越隧道」為開頭主音句子，然而卻有幾段的是以「已經……下來」分別述說風景、季節和氣流，如此一首詩的調性便有了兩種變化，可以分別體會，也可以相互融會。這些可謂是李長青在散文詩的創作上所開創的個人特色。

十六

台灣散文詩的創作隊伍裡每一位詩人，都知道散文詩的創作原則是分段不斷句分行，得像散文的句子要句句相連，而不像分行詩的以斷句斷詞來分行。但靈活的散文詩作者多少會稍稍打破常規，把散文詩的分段形式給予較多樣的變化。李長青的散文詩分段不拘泥於段就只有段，而是在段中給予分行句子，許多是以兩行句子為一段，例如：

> 星光還有一點亮，在尚未破曉之前，我們走著。
> 只是，走著。星光仍有一點亮。

這是同一段的兩個句子，本可連著寫為一行，但李長青卻將它分為兩行，沒有將它斷句斷詞，仍是完整的兩個句子。這樣的寫法似有意向分行詩的形式靠攏，讓散文詩的詩意不受句子的緊密相連所綑綁，而能像分行詩也有一些換行的呼吸空間。像〈字典〉、〈夢境〉、〈現實〉、〈日曆〉、〈尺〉、〈午后〉、〈開罐器〉、〈塞車〉、〈淚腺〉、〈少年〉、〈文明〉、〈咳嗽〉、〈建築〉、〈風沙〉等十多首詩作都有這樣「分行合段」的散文詩段落，在台灣散文詩的創作隊伍裡，除了李長青外，沒有人擁有這個獨特的形式特色。

十七

李長青和王宗仁、然靈都是同一世代的詩人，在散文詩的創作上，王宗仁被稱作「繼承台灣散文詩正統脈絡的第三代主要接班人之一」，因為他的散文詩創作量豐富、技巧成熟，個人特色鮮明；然靈除了是「台灣第一位出版散文詩集的女性詩人」外，她的作品語言陌生而意象新穎，被詩壇視為潛力無窮的才女；那麼也投下許多心力完成這本散文詩集的李長青，該如何看待呢？我想，詩人的任何稱許都需由作品見證，李長青在散文詩創作上比王宗仁及然靈早，也早已走出自己的一條路，這條路特別重視詩的語言錘鍊，以排比類疊為階梯，以映襯反差為斜坡，以重複並置為叉路，以長短句為顛簸，以轉化替代為轉彎，以分行合段為休息站，以隱喻象徵為風景……，就這麼在散文詩的版圖上開闢了李長青個人的一條路，而且可能愈開闢愈遠，所到達的版圖愈廣，所以我預測，李長青只要繼續在散文詩上創作不斷，他將會是「台灣散文詩隊伍裡走得最遠最廣的一員猛將」，正如他的詩作〈江湖〉裡的期許：「詩行裡的招式，合掌後，靜成深深的段落，在心上開展，整座武林。」整座武林，那是多麼令人嚮往的版圖！

給世界的筆記

水龍頭

回到家，扭開水龍頭，看自己的眼淚在水槽跳舞。啊！我已經這樣活著40年了。

水龍頭釋出悲傷的流質，是我的還是房子的眼淚？「我已經這樣活著40年了。」水龍頭對我說。

盒子

深鎖在抽屜的那個盒子，我知道，收納了從小到現在曾經立下的志願。現在，它呈現臃腫的形貌，都是累積起來的悔恨。

夜裡，盒子漂浮起來，「我肚子裡的志願都餓了，我包裹著它們，我也餓了。」盒子傳來顫抖的聲音。

憂鬱之傷

你形同無形的根據，終於逐漸喪失原已不明顯的輪廓。你是沒有強效的潔淨粒子，對於憂鬱。

他悄悄的搬進他的新房，你的心房；於是我開始添置家具：憂鬱的方桌憂鬱的搖椅憂鬱的地磚憂鬱的壁櫥憂鬱的100燭燈泡憂鬱的沙發抱枕憂鬱的水族箱憂鬱的電視機……

你遂在憂鬱的鏡前，憂鬱著你憂鬱鏡前的憂鬱，並且堅決。

青春

胃裡總是糾結著，關於時間的許多想像。這種想像不斷腫脹著，一旦竄到心裡，就演成了買醉的情節。

因此，青春常是無辜而微醺的。

椅子

反抗仍是坐而言不是起而行，因為世界，仍是一面生瘡的屁股。

宿命仍來自於承受。不斷的承受。站著就能革命嗎？緊貼著我的那些成功的屁股，都這麼說。

字典

「請不要隨意翻動我。曾經吞嚥了太多部首，金木水火，巍峨沉重，我已經無法分辨，世界的高矮胖瘦。」

「請不要特地告訴我，曾經遺忘的昨日種種。那麼擁擠，那麼朦朧，我已經無法分辨，生活的善惡美醜。」

字典為了收納太多歧義而煩惱。

我為了隱藏太多心事而悲傷。

一日三省

去理髮店減輕自己，師傅問我：「你想要多瘦？」我摸摸我的思路，不清楚一個人可以單純到什麼程度。

拿衣服去洗衣店，讓它們在水中掙扎，成長。我自己也可以跳下去嗎？

在家剪手指頭的排泄物。一小片一小片茫然，不痛不癢，不哭不笑，它們知道自己來過這個世界嗎？

夢境

早晨醒來，就聽見牙齒正在重複咬斷結局的聲音，不偏不倚，一直響在殘缺的心底。

昨夜的路，還是那麼遙遠……
脫身於夢境，卻必須面對無情的時間。

生活啊，是多麼成功的馴獸師。我是生活裡真實的人，也是生活裡不真實的人。每個平凡的夜裡，我重複平凡的眼神，平凡的呼吸，審視自己不知善良與否的軀體；我想，我適合被如此軟弱的夢境，切割殆盡。

咬斷結局的聲音，依然那麼巨大，清晰⋯⋯

我確定，那聲音，將一直響在殘缺的生活裡。

夢境（二）

夢境撫養我長大，夢境督促我度過難關，走路絆倒跑步跌倒都沒有關係；夢境訓練我，夢境栽培我，失血過多詩寫過多都不會老去。

牆壁，高山，海洋，河谷……我在這裡惶惶然我也在這裡特別堅強，褪色的牆垣傾斜的岩層枯竭的浪不固定經緯的落石……這裡就是，我的家鄉。

成全我的鄉里鄰人吧。成全幼小純潔的願望吧。我對夢境祈禱，衷心祈禱。

夢境（三）

「這就是你的生活，就是你的生活了。」夢境對我吼著。

那甚至只是一個完全沒有印象的夢境啊。於是我明白：我不適用於，任何夢境。

「這就是你的藉口，就是你常用的藉口了。」夢境對我嚷著，它自己卻流下淚水。我漸漸發現：我，無法溶解。

讓我無法溶解的除了那樣別緻細瑣的淚水之外就是生活了；夢境對我抱怨，我只好低下頭，看手裡握滿生動的藉口，我記得它們曾經生澀的模樣。

然而一切已經無色無味很久，很久了，夢境對我叫囂，它自己依然為澎湃的淚水洶湧著，依然是光潔、剔透的材質啊。我終於知道：世界不適用於，我的夢境。

現實

第16層，放置一泓油鍋。第17層，矗立一座山，標高是利刃的光影。第18層，只架設一具電話。

每個人都要使用那一具神祕的電話，撥給以前的自己。

終於輪到我了。

接通之後，對方竟然不是我。

而是另一具電話：「我也是，如此被架設的……」

稀釋

我在水這個部首裡，第一次嚐到：自己的心意。

顯然，這個世界已經經歷了無盡的失眠⋯⋯

屋頂

不定時，不定點，不定量，節奏們紛紛墜落，不一定什麼天氣，形成了，不一定是什麼的風雲。

因而，全世界的屋頂，都有失聰之虞。

註：此詩發表時，原題〈慣例〉。

日曆

「你每天撕下一個我，都讓我汗顏。因為這裡除了規律的數字，也只有簡單的圖案。」

「我每天撕去一個我自己，我自己也汗顏啊。因為徬徨，因為不安，除此之外也就只剩下大量的，陌生的對白。」

它被掛在牆上。靜靜地。

我被懸在生活裡。靜靜地。

詩人節

傳說詩人的節，都是中空的……

如此，才適於推衍註釋；如此，盎然的綠意，才可以太虛，才可以浪遊。

傳說詩人的節，是一種竹子生長的方式。如此，晦澀的光合作用，艱深的光合作用，高貴的，光合作用……

才可以太虛，才可以浪遊。

盜墓者

年輕詩人悄悄來到靜謐的墓園，在刻有自己名姓的碑前虛弱地跪下；嘴角瀉出迥異於詩句的謙遜。

年輕詩人的目光越來越哀愁，越來越像悲切的月色。為了能在多產的詩作裡繼續偽裝，年輕詩人的髮，越來越無法烏黑了。

他選擇來到自己30年後的墓地，盜取自己，成名的詩句。

走索者

為了能在自身量產的筆劃當中持續發光，發熱，詩人的瞳孔，越來越無法眨動了。

平衡此項目，在詩壇這座豪華馬戲團，已經很久，很久沒人表演了。

犬吠

夜已深的巷子裡，遙遠遙遠的回音處滲出了幾聲犬吠，原來失眠也咬著不同品種的心律啊，因此，寂寞也只好搭著不同的餘韻。

白天酷熱的會議桌上，我忽然摔出幾聲犬吠，原來不滿的情緒也釀著不同厚薄的烏雲啊，可以召喚孔雀，離開動物園後東南飛，也可能引來，朝地心直落的西北雨。

曾經年輕的願望，原來也描繪了不同的風景啊，因此，悲傷也只能繼續，打聽。

忘卻

年輕詩人盜用了許多浮濫的文法，荒謬的部首，怪誕的辭藻，不安的標點。
年輕詩人擄掠了許多浮濫的獎牌，荒謬的頭銜，怪誕的讀者，不安的聲名。
年輕詩人的白髮，被曾經烏黑的思維放逐；年輕詩人的名姓，被曾經單純美好的心跳忘卻。

漂流

你依然是最純粹的原鄉。我對海洋說。

空氣裡有艷陽的光澤，飽滿的是你精鍊的水氣；我的呼吸，在天地線邊緣，游來游去。

想起你盛大卻又單純的身世，不禁為所有堅守誓言的洋流深深感動。你似乎已經沒有了脾氣，自然界生存的祕密，了然於心。

這就是最深，最深的原鄉了。這一切，真實存在於一座海洋，是我緜密的祈禱，亦是海面上堅持漂流的，你。

意義

生活好像只是不斷的上樓梯而已。

生活好像只是不斷層遞陌生的言情而已。有時，我笑著上樓梯，有時哭泣，有時，只是呆立著。

身旁的人有時匆忙離去，有時陪伴。我也看到有人笑倒在樓梯，有人哭醒，或者，只是呆立著。

原來，樓梯上各種人都有。而我仍必須不斷的上樓梯，生活好像只是不斷的上樓梯而已。一階，一階，一階……這就是生活的意義嗎？

向上望去，似乎沒有最後一階……

意義（二）

——向林亨泰致意

星光還有一點亮，在尚未破曉之前，我們走著。
只是，走著。星光仍有一點亮。

夜裡的視界意外清楚，任何意義，都逃不開我們的眼睛；風微涼，月色清晰。

路，有點長……

意義充斥於多處轉折的地方：農舍，鞦韆，書籍，爪痕，風景，生活，弄髒了的臉，雨天，二倍距離……
我們仍走著。
星光，也是。

註：〈農舍〉、〈鍬钁〉、〈書籍〉、〈爪痕〉、〈風景〉、〈生活〉、〈弄髒了的臉〉、〈雨天〉、〈二倍距離〉等，皆為林亨泰詩作的題目。

車庫

你表演一座車庫，將肚皮盡情隆起，裝滿童年的聲音，笑罵來來去去，充滿痕跡。

有河流蜿蜒的車庫，誰來圍繞山區多霧的思念？世界很容易，就被忘記。

我偽裝一座車庫，而不是一塊安詳的草原，更不是一處漲滿詩意的出海口。我將假山造景隆起，裝滿道德的聲音，罪惡來來去去，這世界擅長失去。

我們的車庫快樂的車庫永不拉下鐵門永不熄燈；星星就在上面跳舞月光就在地板磨蹭，是車庫讓你表演是車庫讓我偽裝是車庫讓我們彼此摯愛不渝，天荒地老，地老天荒。

車庫沒有鑰匙沒有門牌沒有網址，這裡沒有歌聲沒有伴奏沒有雙人舞，車庫只是車庫，單純得很；沒有選舉沒有爭論沒有任何口吻，像這裡沒有祖先沒有邊界沒有斑馬線。世界很容易，就被忘記。

民主

身世流竄著，血球的池殃。雲湧只是因為風起嗎？

蒼涼的口號隱匿著不同的血型。曾經是貧血的肉軀，畏寒的心肌；宣傳車上，
喧囂造勢的魔鬼已經飲盡我的毛，我的髮。

誓師大會，正要禮成。

不誠實的詩人

洗澡的時候，就聞到了香皂的不悅，泡沫於萬物之靈的聲線：它緩緩吐出不甘願，彷彿在說，洗什麼。

蓮蓬頭半天也擠不出一滴淚。嘟嘴，不言。浴室燈泡忽明又滅，節奏越來越快，氣氛越來越閃，彷彿在說，我不是累。

我忍不住了，對它們大吼，對它們大叫，為什麼要這樣？

「身體洗乾淨有用嗎？你的心，已經是不誠實的詩……」

中生代詩人

中生代詩人走過自己演講的海報，憂鬱的眼瞳被圈養在斯文的鏡框。斗大的講題，像他盛名的果實，開在文壇。

中生代詩人對台下的耳朵傳道。信詩者，得永生。掌聲淹沒了他成名的詩句。

回到家，各種活動的邀請函淹沒了他第一本詩集。各式各樣的時間、地點、主辦、協辦、承辦單位……，促使他成為，中生代詩人。

尺

我遇見一把尺，它很快就量出我從入睡到達這個夢的距離。才短短幾小時。

它繼續為我量出寫過的錯字，懊悔的失言，青春的步履

已然遠去的志向……

它繼續為我量出曾經遺失的物件：手表，日記，單車

童年……

它繼續量出我與雙親之間，那一片遼闊的荒原……

仁愛路

到了三段的末尾，四條雀躍又聒噪的牛仔褲管就累了。我們選取一塊平坦的草坪，讓話題更貼實地心，摩天大樓們也更雄偉了。

仁愛路的太陽，吞噬了城市裡口味繁茂的冰淇淋球。我們在或濃密或稀疏的光影下遊憩；午后的車潮，以一種獨特的節奏，兀自孤單著。

無意間談起的心事，也在默默流汗。

午后

還沒有月色輕輕撫摩。沒有溫柔，沒有想像，沒有神話。

還沒有星光勻勻提醒，下午茶時間，還沒有夜遊的韻腳。

正午的陽光，像一場盛大的宣誓，距離清早輕盈的露水已然是久遠的印記；午后對坐，我們與沉默的時光相忘。

你就那樣不說一句話了。我的靈感。

我的靈感。就那樣不再說話了……

房間

房間裡長了蜘蛛網。陽光無法侵略。

沉默沒有主詞，只有受詞；那一個安靜的範疇，就這樣形成。

某個夜裡，我衰微的心思長滿了蜘蛛網，身上的房間被糾結的絲網緊密死纏，陽光無法侵略。

那一個安靜的房間，沒有主詞，只有受詞。

外籍新娘的房間

漂流的房間不斷汰換漂流的夢境；希望這個吵雜的世界聽見，心事的蛻變，在記憶的黎明，在忽然醒來的深夜，在喧鬧的異國叢林。

這曾是不斷漂流的房間，世界的形象是不斷航行的海岸線，時光的潮水，氤氳著，家鄉的氣味。

房間拍動著越來越豐沛的山水，房間排練著越來越泡沫的語言。漂流的房間繼續展演，不斷遠去的海岸線……

老人的房間

這仍是未知的房間。像森林盡頭豢養著，深邃的海洋；像漂流木在潮汐之間，翻轉，未完成的身世。

（仍隨著暖流，向未知緩緩漂移。）

青春靠岸之後，心事頓成枯木，老人房間的壁紙，貼著沉默的年輪。

心的枝芽仍繼續抽長，仍有浪濤，不斷漂泊著天涯；而天涯鑲嵌金黃圓融的暮靄，暮靄飄飄，盈盈裊裊，繚繞老人的房間，讀著或短或長，天涯的信箋。

仍有音節，不斷回溯著天涯……

開罐器

因為急於開啓鐵罐裡的風景……

我在罐面上鑽探，開罐器賣力配合著；那一道註定圓不了的弧線，慢慢的，被旋開了。

忽然，開罐器再也不動了。

「沒有溫柔；沒有幸福。」罐內傳來未知的聲音。

邂逅

在一場夢囈裡邂逅自己，我卻急忙掩面，吐出拒斥的鼻息。

並且忘了以反省的姿勢醒來，於是，我開始踱步於眾多的自己之間，細數每一次，陌生的呼吸。

塞車

世界上一半的人握著五顏六色的方向盤，在此時塞車的路上。

另一半的人等待著。

這是一段時光都要暫停的旅程，無論握著方向盤與否。

儘管手持方向盤，也猶然無法帶領陽光，或者風雨；另一半的人困惑著，這個世界，像遺失方向的，方向盤……

填充題

翻開學生的國語習作，就看見各種招式的填充題，舞動身體，撐開括弧。此外還有數學習作、社會習作、自然習作……，一不小心，彷彿就會被填入，那些空空然的想望。

有一個學生來問我其中一個填充題的祕密。我沒有告訴他。

我讓他走回自己的座位，走回自己的課本，自己的人生。

選擇題

學生來問我一道具有爭議的選擇題，2或3，似乎都可以，我在心裡忖度，怎麼會有這麼多，狡獪的類同。明明都是相似的質疑，怎麼可以就這樣充斥，在這個已經這樣脆弱的世界。

第4個選項也在招手，第1個答案則忙著示好，沒想到，要做出選擇，真的有無限誘惑。

在學生面前，我開始解釋，開始為這樣莫名的高深背書。我對學生宣布，這是一道具有爭議的選擇題，簡直就是一個華麗的陷阱。

隔天，上班途中，我就不小心跌倒了。

坐視

我在想像的食道裡分解，歷史一片一片，未來一截一截，順時針逆時雨都消化殆盡，海洋陸地風向迷離；胃液混淆心跳無力，大雪紛飛壞毀天際，唾腺牙齦，肝膽視聽，都沒有任何記憶。

喉嚨拚命吞嚥，崎嶇的味蕾。潛意識潛至無名的深度，眾神默禱，細胞神經。坐視正要成形。

遂如此坐視：如此之坐視。

意外

當我在一張稿紙上為某一個字擤鼻涕時，題目忽然打了一個噴嚏；我記得，它們明明套上了文法的大衣，內裡鋪了棉質的修辭。

原來春天，是無法預料的。

傷口

重新分行之後，字句仍繼續流血。它們說，因為痊癒，是一種更痛的傷口。

究竟神往哪一個方向逃走？
或者，重新分行之後，我們已經失去神往。它們說，傷口失去了心證失去口供
失去情節失去段落失去被害與加害者也失去了目擊證人。

因為痊癒，是一首寫不完的，詩。

出口

生活仍依隨錯綜放射的路線前進，於是，我們與未知的我們約在第一出口。

第二出口的轉角粉刷了整個牆面的沉默。那些頌揚青春或揭發蒼老的衷曲，似乎仍在演奏，儘管，音階的水痕已模糊於時間的蝕鏽。

仍有各種聲音不斷迴盪，不斷迴盪……

在第三或其他不知名的出口，我們仍在臆測，仍在想像是否擁有哪些微風與端景，當世界不再年輕的時候。

淚腺

人們用淚腺流放整座城市，因此，龐大的下水道裡，有你也有我。
霓虹都在溺斃的邊緣洶湧。彩色的光芒繼續漂流，漂流，漂流……
淹過不承認寂寞的寂寞。

下水道趕進度悄悄完工；
人們的淚腺，卻要用一生成熟。

捉摸

別以為我的性格都在字典裡。部首規定了我的屬性，是水是火，是土是木，卻無法確立我的脾性。

依隨音樂起舞，我可以是飛揚的顏料，也可以是落下的季節；你的思緒，可以成我以不朽樂音。

我就在字典裡，彩排一切生動的形容。你可以翻我，閱我，捉我，摸我，調查我，臨摹我，順從我，想像我，發現我，征服我……

從四劃的，心。

我其實居無定所

海平面以下的故鄉，深邃而無言，安安靜靜，就放生了海平面以上的時間。

鹽的結晶，已被烘燒為思念的細粉；在如此繁複的世間，我其實居無定所。

潮汐終究是一場無色無味的輪迴，安安靜靜，深邃而無言，像旭日依舊冉冉升起，月光依舊微微觀照。

變題

說好句點的據點就在離題不遠的，我溺愛的那首詩旁邊；

句子們在分段的地方，隨機排遣，新穎的寂寥；

說好朝夕都要潮汐以沫的詩題，也逐漸失蹄，在地平線沉沒以後沉默了；海笑著海嘯……，彷彿，我再也無法以在野的姿態寫詩了；

變化

球也有初衷啊。

高，低，左，右，都曾是專注的臂膀，讓月色下墜，飄飛，追隨……

絕版的詩集也有初衷啊。

板擦

有一個乾淨的字被寫錯了，我望著光滑的黑板，慶幸有板擦的庇祐。

有一組流暢的數字被放錯地方了。我望著比題目還要巨大的答案，慶幸著板擦的玲瓏。

有一句美麗的課文被抄錯了，我望著教室與天空的不調和，慶幸板擦居中存在。

有一列著名的公式被引錯了。我望著虛無的結果，慶幸板擦仍未老去。

有一天，我回頭看見我自己，卻找不到一塊完整的板擦。

曬衣夾

在三樓陽台，注視著，公園裡跳格子的小孩。
一格，二格，三格……跳到最後一格的小孩又重新走回起點：一格，二格，三格……前後不過十格啊。

我靜靜想起自己的一生，就這樣，被時間披掛為靜物，被星光懸吊為風霜，默默注釋著這個未乾的世界，前後不過十件啊，在三樓陽台。

註：此詩發表時，原題〈熱烈〉。

遠方

公園裡，一些蟲魚鳥獸在釣魚線的收放之間，對於翅膀的解釋，開始感到疑惑了。

為了更接近遠方，風箏的線，不斷被釋放。

不斷被釋放的線啊，是否也釋放了這個世界……

註：此詩發表時，原題〈夢想〉。

游泳池

迫不及待來到游泳池，急切地想要練習離開陸地的方式，以及異於人類的呼吸法則。我想像魚一樣，用鰓呼吸，用鰭夢遊。

游泳池中早已躺滿各式各樣的懺悔。原來，有這麼多人都要來洗淨自己啊！用沈默的鰓呼吸，用變形的夢當鰭，來回，不斷泅泳……

三昧

我在聞生命的顏色，一種春天裡腐敗的顏色。你，聞到了嗎？

我在聽詭譎的味道。一種世道裡生澀的味道；我在看碎裂的聲音，一種對話裡逃離的聲音。你聽到了嗎？看到了嗎？

三態

在無聲的祕密揭穿
之前，生活是一卷
三十六張的斷魂片
你住裡面我住裡面
在無形的祕密爆裂
之前，掙扎是一部
年久失修的抽風機
形而上學形而下學

在無義的祕密崩潰
之前，猜測是一尊
肢體靈活的石膏像
時而劈腿時而咧嘴

失戀

失戀是超級市場拍賣的紅色辣椒。
買回家後，一直有辛辣的火苗，在心口亂竄。

給世界的筆記

在我逃脫了所有的愛與絕望之後請你千萬保重，你的愛與絕望並非全是我逃脫
了的愛與絕望啊

在我拋擲了所有的深海與高山之後請你莫要悲傷，你的深海與高山並非全是我
拋擲了的深海與高山啊

在我啃嚙了所有的星移物換之後請你請你原諒，我的星移物換完全就是你啃嚙
了的物換星移啊

給世界

你在暴風雪中閉目思索，我在清晨的庭園輕掃落葉；你遊牧於海上，我定定佇足岸邊；你運籌春秋冬夏，我詩寫哀怒喜樂；你不停蒐集，默默釋放自己的，我……

複習

如何把思念，種得更加美麗……

這個流程已經如此熟悉，時常引記憶的水，澆灌抒情的土地。

時間是夜裡的微風，複習，閃爍的星星。

幸福

我的羊群一一走失了，沒有一隻回頭。據說，牠們離開之後，眼神燦爛，爪痕清晰。

一一走失，沒有回頭。我的羊群離開之後，天涯海角，海角天涯，據說都重獲新生。

我的羊群一一走失了。據說，牠們都找到了，幸福。

象國

我看見許多頭象使力摩擦著樹群，據說，是為了刷去污穢的身軀。據說，這是唯一的方法。據說，這是最流行的，病與痛。

我看見我自己也開始賣力摩擦森林裡的樹，在宣誓淨身的儀式之後。

在沉默的樹皮上來回練習，「那些徬徨與不安，也可以擦掉嗎？」我在心裡問自己。

「沒用的。身軀有多大，罪孽就有多重。」旁邊的一頭象說。

「我們都一樣。」另一頭象，悲傷的補充。

少年

我發現我被窗戶拴留起來，走不出去，跳不出去，透明的窗外是羅列的風景，
它們毫不遲疑加入囚禁我的行列。

看得到啊，我看得到它們：起伏的山巒，輕盈的綠蔭，清淺的溪流，蔚藍的天
空，我看得到它們，看得到我的囚牢。

窗外的歲月，清澈，平靜，流動著四季。我被窗戶拴留，我被窗外景然的一切
囚禁，走不出去，跳不出去，我被這麼透明清晰的窗戶關閉。

我終於忍不住嘶吼開來，奮力敲打窗戶，拍擊窗戶。它卻對我說：「我替你隔絕了歲月的剝削，我讓你免受成長的痛楚，是我保護著你……」

少年（二）

午覺醒來，少年以為世界會變得不一樣。翻查字典後發現，天涯，原來是老去的意思。

少年看著鏡中的皺紋，多麼像帶狀的，固態的淚水啊；彷彿有話，希望靜靜說出。

經過一棵樹，暮靄的葉片泛著少年的臉龐。

少年繼續走，走過鏡子以外的風景。

世界繼續耳語，繼續望向遠方。風景經過一場神祕的午覺，醒來後，發現少年，已經不一樣了。

五月花

那盒面紙抽完最後一張，依舊只是沉默著。

從未思索她日漸減少的一層一層青春的防護；幼小的我，以為豐沛的歲月可以

一直拿取，一直拿取……

五月，是母親剝落的，花。

文明

當夜很晚很晚的時候，我在夢裡跌入一冊白天翻閱的詩集。鉛字的香味與優雅的月光，互為瀰漫，因而，新鮮的印刷體不再沉重，每一道筆劃都像要飛起來了。

「人們的眼球在此翻動，但呼吸不會在此停留。」

那些部首，幽幽地說。

嘆息

他的神情伏著優雅，眼珠轉來一抹深邃的C大調，日子沒有升，沒有降；抿了抿擅於沉默的嘴唇，嘆息權充語調。

至此，談話還沒有生出窗型的盆景。悲傷也還沒有，開花。

社會習作

那些不規則跳碼的頁數，像殘缺破敗的歷史。

在校園規律的鐘聲裡，被莘莘學子嗡嗡嗡，嗡嗡嗡……

數學習作

在駕訓班乾淨整齊的跑道，雙黃線筆直平行，停車格寬闊美麗。

左三圈，右三圈，加減乘除開根號，三角函數阿基米德，都被後照鏡一一攬入。

路邊停車，直行加速，轉彎後，輪子壓出資優班的胎痕。

國語習作

像普通談話，國語習作的括弧，應該擁有，許多表情。
像走路散步，國語習作的筆劃也可以飄起來，飛成抑揚頓挫的心情。
像日常生活，國語習作的造句練習，有時真實，有時不具體。

忽略

輕易就忽略了，早晨被牙膏擠出來的表情，牙刷被牙齒不正經玩弄的尺度，鏡子被鬍渣刺青的痛楚。

忽略蓮蓬頭被皮膚親吻時的最佳沸點，忽略話筒被綿綿情話攻擊時的危險。於是，就繼續忽略了，被新鮮的淚水醞過的昨夜。

不知不覺就忽略了短暫又美麗的一切，像孤單的世界不小心就忽略了我的寂寞，山與海忽略了情人的誓約。

忽略正在變化的一切，以及零點三秒的想念。

咳嗽

早上不停咳嗽。後來才發現，生活的刺一直卡在那裡，咳嗽，因此變成喉嚨的夢囈。

晚上不停咳嗽。後來才發現，年輕時的徨惑一直黏在那裡，咳嗽，因此變成記憶的騷動。

後來才發現，那是同一天的早與晚。

後來才發現，同一天的早與晚，就是一生。

目的

終於意識到，我是多麼蒼老的目的。

這裡曾經躺滿各式各樣的，詩體：標點，斷句，典故，天氣，以及刪刪改改的
暴風雨。

註：此詩發表時，原題〈面龐〉。

夜間公車

迷離的月光，輕輕灑向未知的他方。夜間公車來來去去，逡巡起點與終站之間的祕密。

夜裡的露水凝重，夜間公車的前窗時為起霧所苦。來回穿梭於許多現象的邊緣，承載沉默的思緒，採集對話的殘渣與碎屑。

睫毛與心室之間，夜間公車來來去去，距離卻越來越模糊了……記得路況曾是良好的啊。

只見月光，依舊迷離。

耳朵

夜被微微掘起，微微的痛楚，刺在夢微微的肩頸。

耳朵一直聽見，話語斷裂的聲音。

那些諾言，都是藏身的洞穴。清晰的耳朵，罪惡的耳朵，無辜的，耳朵。

友情

孤單時常足以孤立另一段孤單，寂寞時常足以吞噬另一團寂寞。我與自己的友情就是這麼一回事了。記憶的山嵐氤氳，縹緲著，一些生動的落石；稜線不斷向遠方拋擲，拉長往事的影子……

溫溫的。冷冷的。短短的。長長的。

看不見的城市

噤聲，已經被推廣為公共場所的美德，政府也一直宣傳悲傷對民主的好處。

住在看不見的城市，安靜後悲傷，或者，悲傷後安靜，是人們經常討論的話題。

淡淡的血跡在下水道繼續漂流，發電廠照不透城市上空的雲，住在看不見的城市，看不見自己，是常有的事。

夜很濃很濃

當夢很重很重的時候，是在夜很濃很濃之後。

鼻息很慢很慢的時候，是在白晝的記憶很淡很薄之後；糾結的心事很纏很綿的時候，是在月光很暗很沉之後……

身世

水流疾速如此，彷若朝我身上撲擊而來。

世界淼淼，倉促卻純粹的涵泳，就像一種神聖的暗示；親眼目睹一隻奮力洄游的鮭魚之後，我心溟溟，震撼不已。

向妻敘說河邊所見，伊的尾鰭，美麗如昔。

遂附耳於我：「昨天……我們就該上路了……」

隧道

我想穿越隧道，穿越詭譎暗沉的隧道。

風景已經擱置下來，無言的歌，在窗外瀰漫；我見識到氣流，如何快速無聲地向前碰撞，如何向四周牴觸，未明的現實。

季節已經緩慢下來，我想穿越隧道。無情的煙花在世界外圍兀自燃燒。我要穿越隧道，穿越羸弱顫抖的此刻；我要穿越隧道，穿越龐大繁瑣的未知。

我曾遇見，遙遠晃動的光點，我曾遇見，倉促失色的魂魄，也曾遇見，惶惶莫名的自己。

我想穿越隧道，疾速穿越。風景再度擱置下來，無言的歌，仍在窗外瀰漫。氣流已經平靜下來。我仍想穿越隧道。

我想穿越隧道，疾速穿越。

考愛

愛是一種寫作而思念是典故；我們是不斷再版的文本。

我們在遙遠陌生的詩句裡翻騰，試圖釐清世界，所有愛的淚痕。

我們在遙遠陌生的夢境裡拂塵。塵塵塵塵塵塵塵塵：愛愛愛愛愛愛愛……

龐大的遺跡，生疏的位址，這樣的愛，反覆無償。

愛是動人的初衷，也是最終的版本。儘管灰已是灰，塵已成塵。

註：反覆無償，非反覆無常。

森林

我們並肩流浪於森林。整個時代的枝葉，茂密、深邃而美麗；在忙碌擁擠的夢境，小心埋藏自己曾經多情的祕密。

城市相連成為斷裂的風景，彼此之間，沒有設限。它們各自暈染著一些小巧別緻的顏色屬性與私我縫隙，我們則在廣闊的森林漫步、歌詠、沉思以及嬉遊。

直到發現整個時代的花與果，都在一個晴朗的午后，兀自散發，淡淡的香甜。

建築

當我醒來，一切將明而未明，陌生的自己似乎已經閱歷了許多熟識的自己。迷茫的風，在彩色的霧裡飛逝，山嵐消散，溪流不斷滌洗淡去的夢境。

水泥牆，玻璃牆，銅或鐵鑄造的牆，甚至人牆……

只見牆上鞭著藤蔓，牆裡竄滿血管，只見牆是磚頭，也是鋼筋。

牆是動脈與靜脈，鎮日在我們體內，噗通噗通。

牆是安靜的櫥窗，灰暗的號誌；牆是無人的街口，失聲的音階……

它們共同矗立，共構嶄新的國。我在牆的叢林裡尋找曾經孤獨的天空；不安的建築，那麼熱切討論著關於自由的去向。它們說：「只要在叢林裡繼續尋找曾經孤獨的天空，不放棄討論關於自由的去向，有時候，幾乎就可以碰觸曾經真實的謎底。」

當內心的建築一一甦醒，這一切，似乎將明而未明，陌生的風景似乎經歷了許多熟識的家園。迷茫的風，在彩色的城市裡飛逝，煙霧消散，車流不斷滌洗遠去的夢境。

歌聲

如果你聽見了，那麼，這一座未知的草原，就可以依隨輕盈飄動的記憶，開始蔓延、滋長，成為一座漂浮的森林。

那麼，森林裡夢幻的樹種就可以悠悠款擺，每一片光燦的葉。讓葉脈連綴葉脈，讓方位指向方位，讓音階援引音階。讓心中的夙願一一映現。

如果你聽見了，夜間的飛行如何呢喃月色，如何收音，心念之間的氣流，或輕……或重……或淡……或濃……

那麼，夢就可以翱翔，俯瞰成千上萬的耳朵。

風的最深處

——有贈

在眉睫，我們小心翼翼越過彼此，曾為歲月塵封卻敏銳的心思；視線所及，盡是莊嚴的孤寂。

在耳邊溫柔地敘述，這個不完整的世界如何行走我們滄涼的心田，呼號而過原始的語言，途中盡是破碎的誓約。

在草原，我們終於能夠寬心，能夠放開自己，忘掉這個不完整的世界，如何凝視我們。只要專心踏過如浪的草地，儘管草原之外的憂傷，悲切的字句，依然茂密；儘管風景，盡是沉默的日常。

台中的風沒有疆界，我們有限的形體在此消解。

此刻，繾綣我們的是陌生的自己；而那些衰微的憂懼，在風的最深處，將漸漸離散，紛飛……

地圖

「好久不見……」

在一些神祕的場合，不斷想起彼此，錯綜紛雜的身世。關於夢，關於荒涼的草原，關於不定時放牧草原的世界，關於世界的遷流與方位，關於累世，不斷失憶的，自己。

（暴風雨已經過去。我們仍為了沒充分想起對方而苦惱。）

「好久不見……」我對自己說。暴風雨已經過去了，你必然不再擔憂，不再感到孤寂，無論白晝黑夜。

我想起無數個沉默的片刻，你要我放下手中緊握的指南針，要我摺疊古典的星辰，收捲斑駁的地圖。

（我仍不斷想起，暴風雨已經過去了。我必然不再擔憂，不再感到孤寂，無論黑夜白晝。）

江湖

詩人以筆為刃，抽刀斷念，也希望斷去多餘的天色。

詩人行吟於高絕的山谷，時間是神祕的回音。詩人的眼睛乃夢的星宿，詩人之語，安放就緒，鋪成韜光境地。

詩人的胸膛蘊藉矍鑠，大衣解成滄海，沙灘在心上開展。詩人寫出來的江湖，擁有廣漠的邊幅。

詩行裡的招式，合掌後，靜成深深的段落，在心上開展，整座武林。

鷹架

——政治篇

黎明時分，它靜觀風雲湧動，卻已開始想見初生的，暮色。圍籬與盆栽都在看，高處，不勝寒。

日正當中，造景已拓印成高山與流水，帆布也晾乾了唯一的諾言。猶記得曾經雞頭，曾經隱晦。

黃昏低沉的倦鳥，已經不再迷信彩色的羽毛，曾經長嘯，曾經短喟。曾經鷹揚鳳翽，曾經流離翻飛。鷹架怔怔望著，逐漸淡去的餘暉。

風沙

這個世界的風沙，層層疊疊，不停堆累，不停迴旋。
世界就在層層疊疊不停堆累不停迴旋的山水中，照見自己。

通往日出的路上，草木雀躍，散亂的碎石彼此愉悅地碰撞，這個世界的風沙，如此興盛，如此華麗。

回返黃昏，雁群的翅膀已經塗滿此生。這個世界的風沙，途經許多未知的路徑。山水層層疊疊，不停堆累，不停迴旋。這個世界的風沙，仍繼續推擠，馳行，轉身、變形……

悲傷的風沙，耀眼的風沙，狂放的風沙，靜止的風沙；這個世界的風沙，始終沒有任何語言。

遺失

世界的形貌不斷變化，這就是我，終究遺失它的原因嗎？

或者，只是因為我

不斷變化著自己的形貌，像白色的雲朵，遺失蔚藍的心房。

行雲

額際撫過流蘇，漂泊的容顏。

時光折射，隱匿，靜止，於天色的迴廊；雲氣類疊我們，鋪排我們共存的城市，邊界在山海中將暗未明。

行雲寂靜，勾勒出心事的祕境。雲氣豢養我們，容納我們肅穆的形跡。

牆垣在虛實之間飄渺，邊界傾毀，我們終於成為一切可能的迷茫；只剩羽翼，極盡一切可能的飛行。

行雲撫過額際，漂泊的容顏。在回憶深深處，山嵐消散的地方。

搖椅

繼續靜靜注視著：祖父，在簡陋的書房一隅，用片假名，拼出下弦的餘音。祖母午睡於藤製的搖椅，夢中仍曝曬著，一絲一縷，棉質的青春。

繼續靜靜注視著：坐月子的母親，在新隔間的臥室撫著並且想像：我，長大之後的模樣。在工地裁切生活的父親，將手中安靜的矽酸鈣板，一呎一吋，鋪排成為家的形狀。

繼續靜靜注視著：我，身陷陌生文法的玩具說明書，以螺絲起子鑿開，一培一塿，全球化的土泥。妻在油鹽柴米熠熠燻燻的排油煙機旁，奮力刷洗童話的鏽斑，以及鍋碗瓢盆裡，殘留的愛情。

繼續靜靜注視著：電視機前的老大，擦拭塗改的國語習作，並且想像那些成語，一字一句，原來的苦衷。老么正匍匐經過，曾祖母留下來的搖椅……

鄉愁

時間是已經不復記憶的下雨天，一些陌生的縫隙，在濕氣沮洳的夢裡，隱約聽見：木地板上的烏雲，正在排練瓣形，開或闔的聲音。

一朵，二朵，三朵……

中場的雨倏然歇止；放晴之後，一些花蕊嗅到了腳本裡的芬多精，那些隱隱然的綠，那麼專注的味蕾，仍有提要的前情，仍有葉脈的記憶。

沉默的木地板，仍想成為森林。鄉愁是已經不復記憶的下雨天。

後記

一

這是一冊遲來的詩集。

二

開始寫作散文詩，大約就是我開始發表分行詩，大三、大四（一九九七—一九九八）的時候。我的許多散文詩都發表在上個世紀，尤其集中於一九九八、一九九九至二〇〇〇年，最早則可追溯到一九九七。

一九九七，距今已近十五年。

三

（這十五年來我都在做些什麼？）

（遙遠的一九九七……）、（一九九七，大三，國立台中師範學院。）、（我清楚記得我的大學生活許多時候是迷茫而不安的，也是忿忿不平與心高氣傲的，因為生活，因為學業，因為觀看世界的方式，因為源源不絕的空虛與寂寥。）

（前途茫茫……一直是我當時心境的寫照。）

四

與上一本詩集《人生是電動玩具》（二〇一〇）一樣，這冊詩集裡的許多作品，都早於我的第一本詩集：《落葉集》（二〇〇五）；在這裡提出來，是為了交代在校對過程中我對這批少作的「體質」都作了或多或少的「調整」這件事。少數作品，甚至是重寫（也換題目）了。

五

散文詩披著散文的外衣，卻實踐了種種作為詩的方法、步驟與樣貌，因此論者多謂散文詩乃詩而非散文。我的散文詩寫作，亦從此定義。

六

感謝三篇序文的作者，都提出了寶貴的文學見解。

陳巍仁的《台灣現代散文詩研究》（一九九八），據我所知，乃國內第一本專研散文詩的學位論文，其中許多具有開創性的論述，也曾影響我對散文詩此一文類的思索與書寫。因此，巍仁兄願意發表對這冊詩集的看法，我深感榮幸。

莫渝是詩人也是法國文學專家，我在學長編譯的《白睡蓮——法國散文詩精選》（桂冠，二〇〇一）裡獲得許多關於散文詩的養分，包括法國自十八世紀以來出現的散文詩作品，以及散文詩與十九世紀中葉象徵派詩人的密切關係（例如波特萊爾與韓波），也見識到像是佩斯或紀德等作家的文字魔力。後來，再讀學長的《閱讀台灣散文詩》（苗栗縣文化局，一九九七），對於台灣作家的散文詩表現，也有了更完整的認識。

蘇紹連已是台灣現代詩壇公認的散文詩大家，風格獨具，且仍不斷翻新，質量俱重，堪稱台灣散文詩的經典詩人。學長曾經救過我，在他還不認識我的時候；關於這段往事心路，讀者或可參閱學長最新的散文詩詩集《孿生小丑的吶喊》（爾雅，二〇一一）。

此外，感謝葉緹（林佩珊）、張日郡、潘釔天三位詩人的協助，在庭院深深深幾許的國家圖書館，尋找已然安眠不同報刊的我的些許少作，讓只在此山中的幾度年華風月，得以撥雲見日。感謝九歌出版社以及莊文松、陳逸華兩位編輯先生對此書的費心用力。也感謝道友經宏所「寄付」的奇文一則。

七

這冊詩集裡的少數作品曾重複發表在不同刊物，這種重新「面世」的情形通常是因為文字經過了修訂所致；然而一稿不能二投，因此這少部分的例外，都遵循只有一個發表處有稿酬的原則，謹此說明。

八

《給世界的筆記》沒有分輯。因為這樣才像：給世界的筆記。

九

所以，後記也像筆記了。

閱讀之前，寫給詩人的筆記

張經宏

因為電腦版本出了問題，長青寄給我的稿子無法從網路信箱中取出。「這很簡單，」學生告訴我：「借別人的電腦就好了，不然就重灌軟體。」問題沒有解決之前，任何檔案都無法呈現它們曾經讓人鼓舞振奮、驚狂憤怒的那個樣態，這是個極其簡單的道理：科技一再教會我們，在它的王國裡，如果你沒唸對咒語，小孩都能處理的對你來說，一點辦法也沒有。

可打開了之後？如果作者與讀者彼此的軟體裡沒有共通的閱讀程式？那些靈魂曾經到過且形諸於文字的，在這個被馴養成人們所自以為的世界裡，早已透過種種宣示與偽裝告訴我們：不過就是這個樣子。

在藝術的國度，「生產」的創作方式何其艱難，除了將一身的驕傲與齷齪埋進土壤裡仰望陽光雨水，還得具備農夫守護作物的心力，交付天地的虔敬之情。因為這樣，「生產」成了最被忽略的創作方式。而更多的是「製造」，牽拉這個那個材料加以拼裝黏合，開起個性商店妝點門面，人來人往多麼熱鬧。我自身於此有些體會，不敢多說甚麼。當資源回收車停駐大樓門前，被揉成紙團的廢物與整夜買醉的酒瓶都得排隊等待相同的命運。鷦鷯與鵬鳥其實一樣，誰沒吃飽誰就別想飛高。一場大雨在盼望騰空的煙火眼中如此懊喪淒涼，卻是朵朵傘花綻放的清涼世界。世界，何其不願被框限在所有自作聰明的眼界裡。

有些密教祖師跟世界臨別之前，喜歡說些頗富詩意的話：「我把我這一生的都藏進虛空裡，那個等待中的有緣人，你想辦法自己來吧。」於是神棍們個個張大了眼。換個角度來看，有多少神棍就有多少個渴望被救贖的靈魂，與衍生出的叫賣、交易或種種生存的手段，這些與那些同時豐富且迷亂了我們的世界。

私以為長青有潛力成為頗具質感的「神棍」，感應、貫通，驅遣動人形式向世人宣告真真假假的遊戲，這些功夫與把戲他都有，甚麼原因讓他與詩結上深深的契戀，我就不知道了。比較清楚的是，在世界緩緩旋過他的目光落在雙手捧出的一顆微塵之前，如此寂寥地，從那些無人觀看的微光閃爍處擷取來的，統統交到世界手裡，很久很久之後，突然有個聲音冒出：「這人到底看到了什麼？」其餘時間則安靜地生活。這是我所能想到的，關於詩人最美的命運。

當然，在許多時候他們也跟我們一樣，好奇、好玩耍、好熱鬧，以及一次一次遇見，不知何處竄出的落寞與掩不住的孤寂。

一切那麼的必然，如果你真到過了那裡。

本書作品發表索引

夢境（一）　《自由時報・自由副刊》（2002.07.10）

夢境（二）　《台灣日報・台灣副刊》（2003.11.10）

現實　《笠》204期（1998年4月）
《自由時報・自由副刊》（2002.05.25）

稀釋　《台灣詩學》季刊25期（1998年12月）
《自由時報・自由副刊》（2005.06.20）

屋頂　《台灣詩學》季刊26期（1999年3月）

日曆　《自由時報・自由副刊》（2001.02.09）
收入《詩潮》（瀋陽：詩潮雜誌社，2010年12月）174期「散文詩專號」
收入《大詩歌・2010卷》（北京：中國青年出版社，2011年1月）

詩人節　《台灣日報・台灣副刊》（2000.07.29）

盜墓者　《台灣日報・台灣副刊》（2000.07.29）
《創世紀》129期（2001年12月）

走索者　《台灣日報・台灣副刊》（2000.07.29）

犬吠　《台灣日報・台灣副刊》（2000.11.02）

忘卻　《台灣日報・台灣副刊》（2001.02.05）

漂流　《聯合報・聯合副刊》（2001.11.21）

意義　《笠》206期（1998年8月）
《自由時報・自由副刊》（2004.03.18）

意義（二）　《自由時報・自由副刊》（2001.09.20）
收入《穿越世紀的聲音》（高雄：春暉出版社，2005）

車庫　《台灣新聞報・西子灣副刊》（2003.07.02）

民主　《台灣新聞報・西子灣副刊》（2001.07.30）

不誠實的詩人　《笠》204期（1998年4月）

中生代詩人　《台灣日報・台灣副刊》（2001.02.22）
選入《九十年詩選》（台北：台灣詩學季刊雜誌社出版，爾雅出版社發行，2002）

尺　《笠》204期（1998年4月）
《自由時報・自由副刊》（2004.04.13）

仁愛路　2000年台北市公車暨捷運詩文甄選獎
　　　　《講義》177期（2001年12月）

午　后　《台灣日報・台灣副刊》（2001.03.26）

房　間　《台灣日報・台灣副刊》（2001.03.04）

外籍新娘的房間　《乾坤》46期（2008年4月）

老人的房間　收入國立台中圖書館「2007年青年文學創作數位化作品購藏計畫」
　　　　《笠》271期（2009年6月）

開罐器　《台灣新聞報・西子灣副刊》（1998.04.01）
　　　　選入《1998台灣文學選》（台北：前衛出版社，1999）

邂　逅　《台灣新聞報・西子灣副刊》（1999.03.26）

塞　車　《自由時報・自由副刊》（1998.02.09）

填充題　《自由時報・自由副刊》（1998.11.20）

選擇題　《台灣新聞報・西子灣副刊》（1999.01.27）

坐　視　原載《台灣新聞報・西子灣副刊》（約介於1996至1999年間）

意外　《台灣新聞報・西子灣副刊》（1998.11.14）

傷口　《自由時報・自由副刊》（2004.02.03）

出口　《台灣日報・台灣副刊》（2004.06.01）

淚腺　《台灣新聞報・西子灣副刊》（1998.08.03）

捉摸　《自由時報・自由副刊》（2005.05.03）

我其實居無定所　《台灣新聞報・西子灣副刊》（2001.09.17）

變題　《創世紀》129期（2001年12月）、《台灣日報・台灣副刊》（2002.03.17）

變化　《創世紀》129期（2001年12月）

板擦　《台灣新聞報・西子灣副刊》（2001.05.23）

曬衣夾　《台灣新聞報・西子灣副刊》（1998.04.19）

遠方　《台灣新聞報・西子灣副刊》（1998.05.02）

游泳池　《台灣新聞報・西子灣副刊》（1998.04.06）
《創世紀》119期（1999年6月）
2001年「台北國際詩歌節」大會書籤

收入《詩潮》（瀋陽：詩潮雜誌社，2010年12月）174期「散文詩專號」
收入《大詩歌・2010卷》（北京：中國青年出版社，2011年1月）

三　昧　《青年日報・青年副刊》

三　態　《青年日報・青年副刊》（1998.09.03）

失　戀　《台灣新生報・新生副刊》（1997.10.07）

給世界的筆記　《民眾日報・鄉土副刊》

給世界　《自由時報・自由副刊》（2005.10.10）

複　習　《台灣日報・台灣副刊》（1998.11.04）

幸　福　原載《民眾日報・鄉土副刊》（約介於1996至1998年間）

象　國　《笠》206期（1998年8月）

少　年　《民眾日報・鄉土副刊》1998.01.08

少　年（二）　《笠》260期（2007年8月）

五月花　《笠》213期（1999年10月）

文　明　《笠》213期（1999年10月）

《自由時報・自由副刊》
收入《穿越世紀的聲音》（高雄：春暉出版社，2005）

嘆息　《勁報・勁副刊》（2000.03.31）

社會習作　《笠》215期（2000年2月）

數學習作　《笠》215期（2000年2月）

國語習作　《笠》215期（2000年2月）

忽略　《聯合報・聯合副刊》（2000.02.06）

咳嗽　《台灣新聞報・西子灣副刊》（2000.04.02）

目的　《台灣日報・台灣副刊》（1998.12.02）
《台灣詩學》季刊25期（1998年12月）
《笠》209期（1998年12月）

夜間公車　《台灣詩學》季刊30期（2000年3月）

耳朵　《台灣詩學》季刊30期（2000年3月）

友情　《台灣詩學》季刊30期（2000年3月）

看不見的城市	《台灣詩學》季刊30期（2000年3月） 收入《穿越世紀的聲音》（高雄：春暉出版社，2005）
夜很濃很濃	《勁報・勁副刊》（2000.05.04）
身世	《中央日報・中央副刊》
隧道	《台灣日報・台灣副刊》（2004.07.08）
考愛	《自由時報・自由副刊》（2004.09.29）
森林	《自由時報・自由副刊》（2005.03.23）
建築	《聯合報・聯合副刊》（2005.05.29）
歌聲	《聯合報・聯合副刊》（20005.05.29） 選入香港散文詩學會主編，《中外華文散文詩作家大辭典》 （香港：日月星製作公司，2007）
風的最深處	《乾坤》46期（2008年4月）
地圖	《乾坤》46期（2008年4月）
江湖	收入國立台中圖書館「2007年青年文學創作數位化作品購藏計畫」

鷹架　《笠》260期（2007年8月）

風沙　《創世紀》147期（2006年6月）

遺失　《幼獅文藝》642期（2007年6月）

行雲　《中央日報・中央副刊》（2006.04.11）

搖椅　《聯合報・聯合副刊》（2011.03.17）

鄉愁　《聯合報・聯合副刊》（2010.12.01）

台中市2011詩人節「街角，遇見詩」新詩朗誦會朗誦作品（2011.06.06）

九歌文庫 1102

給世界的筆記

作者	李長青
責任編輯	莊文松
發行人	蔡文甫
出版發行	九歌出版社有限公司 臺北市105八德路3段12巷57弄40號 電話/02-25776564・傳真/02-25789205 郵政劃撥/0112295-1
九歌文學網	www.chiuko.com.tw
印刷	晨捷印製股份有限公司
法律顧問	龍躍天律師・蕭雄淋律師・董安丹律師
初版	2011年(民國100年)12月
定價	180元

書號　F1102
ISBN　978-957-444-801-2
(缺頁、破損或裝訂錯誤,請寄回本公司更換)

財團法人|國家文化藝術|基金會 出版補助

國家圖書館出版品預行編目(CIP)資料

給世界的筆記 / 李長青著. -- 初版. -- 臺北市 : 九歌, 民100.12

面； 公分. -- (九歌文庫 ; 1102)

ISBN 978-957-444-801-2(平裝)

851.486 100021575

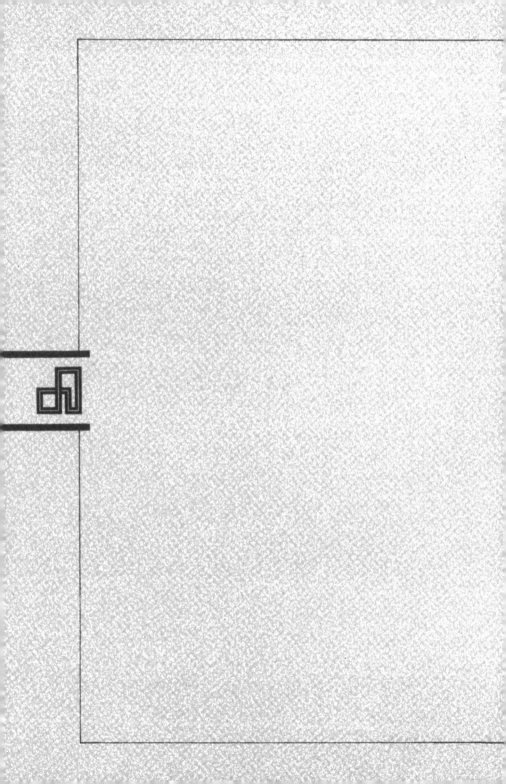